KB202079

푸른 별에서의 혜윰

목양 김대영 시집

버들미디어

서문

그 무렵 내 가슴 속엔 푸른 별과 꽃과 사랑이 있었습니다.

대지의 계절이 바뀔 때마다 변화하는 그것들을 바라보며 생각하
며 느끼며 오늘과 내일을 응시하고 어제를 깨우치면서 삶의 부분적
인 오지랖도 펼쳐보는 시간들이 있었기에 가능한 글쓰기였다고 생
각합니다.

푸른 별 우리 지구에 살고 있는 살아 숨 쉬는 모든 것들이 때로
는 신비하고 때로는 경이롭지만 인간이 지니고 있는 광대무변한 감정
과 상상과 느낌 또한 대단한 회화성을 도출한다고 볼 수도 있어서 감
사했습니다.

내놓기 부끄럽지만 간직해본들 사라져 버릴 것이기에 조심조심 올
려놓아 봅니다.

우주가 있어 별이 있고, 꽃이 있고, 사랑이 있고, 영원한 목마름으
로 다가가는 그리움이 있어 세상은 다시 돌고 돌아가는 아름다운 시
간을 갖게 되나 봅니다.

을사년 목양 (김대영)

3

6 추억

제1부

별의 노래

별

오오
푸르고 푸른 아름다운 별이여

맑은 봄날
흐드러진 진달래 같은 붉은 마음을 보낸다

미어지는 가슴으로
벅찬 솟아오름 가득한 나의 사랑이여

오오
빛나게 비추이는 아름다운 별이여

그리워서
뜬 눈으로 밤새워 밤하늘을 바라보련다

다가오는 기쁨에
목젖까지 흠뻑 젖어 흐느끼는 사랑이여

오오
별 중의 별 아름다운 나의 별이여

마지막 어둠
한줄기 빛만이 남을 때까지 이 자리를 지키리라

이루고자함은
이루어지고야 말겠다는
진정한 원함이 존재하거늘

별이여
소중한 하나의 별
아름다운 별이여

어느 푸른 별에서

나는 노래하겠네
아침이슬 머금은 숲 속에서
창공을 머리에 이고

하염없이 쏟아지는
은빛 햇살을 온 몸으로 맞으며
크게 입 벌려 노래하겠네

사랑이 다가오는 시간
물밀듯이 그리움의 파도를 넘어
가슴을 넘어 환희를 넘어

구름 아래로
운명의 조각들이 떠도는
어느 푸른 별에서

나는 춤을 추겠네
잃어버린 시간들을 추억하며

첫 만남의 그 설렘으로

달의 밤과 별의 밤
밤하늘 수 없는 빛의 잔치를
온 몸으로 휘감으며 춤추겠네

사랑을 간직하는 시간
한 순간도 놓치지 못할 꿈
발자취로 남겨두겠네

바람 사이로
생명의 속삭임이 전해오는
어느 푸른 별에서
노래하고 춤추겠네

전설傳說의 별

태양은 비로소 마지막 타오름을 떨쳐 아홉 개의 별을 만들고
그 세 번째 별을 좋아했다

푸른 물을 가득 채우고 공기 주머니를 둘러주었다
밤과 낮의 차이를 위해 조그맣고 노란 친구도 감이 돌게하였다

처음엔 나무와 풀이 물고기가 생겨나더니 짐승이 나타났고 뒤이어
새로운 의지의 생명이 푸른 별을 지배했다

새 생명들은 푸른 별에서 최고의 삶을 발견하려 언제나 분주했다
날마다 저마다 남모르게
그들은 살아가는 의미와 살고 가는 시간의 존재를 깨닫고
묻기 시작했다
하늘에게 땅에게 자신에게

아름다운 푸른 별에는
새 생명들이 만들어낸 수 없이 많은 진실들이 있었다
전설처럼 전해지는 진실은 사랑이었다

별의 빛

항상 그 자리에서 바뀌는 세월은
아랑곳하지 않았다지만 멀리서 바라보는
한 줄기 은빛 빛의 이름은
날마다 새로웠고 꽃을 기억하듯
숱한 청춘의 시간 낱낱이 펴볼 틈새도 없이 사라져
하나 둘 접혀져
마침내 오래된 추억

맑은 하늘 뒤로 별은 빛나건만
맑은 밤하늘로만 읽을 수 있는 빛

마음속 깊은 곳에서 순하게 찰랑거리듯
일렁대는 그대라는 물결
오래된 추억을 물리치고 빛으로 나타나
잊었던 밤을 비추고 모르고 살았던
청춘의 불씨를 지펴주었던 그 빛
그 푸르르고 달콤한 참사랑 별의 빛

별을 보고 걷다

나무여 오늘 같은 날엔 그대 같은 키 자람이
무릇 사람이라면 얼마나 좋을까

팔을 벌려 하늘을 끌어안은 소담한 웃자람이
정녕 그 모습처럼 든든하여라

나무여 그대는 걷지 못할지니 디딘 다리 하나로
오로지 그 자리에서 별을 맞이할지니

키 자람이 모자라서 안타까워도
두 팔 안아봄이 소담스럽지 못해도
견딜 수 있다네

두 발이 부르터와도 두 다리가 저려와
무릎이 꺾일 때까지 걷고 또 걸어서

은하수 건너가고
별 사랑 찾아가는 길을 알고 있기에

대륙의 별

저 멀리 지평선 너머 붉게 물든 노을이 대지의
어둠에 밀려 사라지면

하나 둘 총총
이른 밤하늘에 별들이 박힌다

밤바람이 시작되고
잊혔던 기억의 편린들이
천천히 뇌리를 자극하는 거뭇한 늦가을 밤에

그리워 노래하리라
애타게 사랑하리라
비껴간 시간들의 껍질사이로 퍼뜩 번뜩이는 망각의 섬광

별 별 별
대륙의 밤하늘에 시선을 꽂고 동녘켠으로
동녘켠으로 철새들 높이 나는
그리움 가득 쉼없는 날개짓만이

저 별과 같이

길을 물었다
긴 바람이 지나던 길을
상심한 저녁 별들이 다투어 말해주었다
길을 아직도 그리워하는가

뚫린 가슴속 지나가는 바람을
맑게 검은 하늘에서 푸르른 쏟아져 내려
앞길 비추어 짧은 방향 건져내고
이슬과 함께 돌아가는 저 길을

아! 아!

이제 말할 수 있네
그 길을 물어본다면
저 별과 같이 지난 세월을 읽고
꽃잎 틔운 봄 날에 미소로 화답하리라
꿈인듯 꽃인듯 서로 얽혀 속삭이리라
저 별과 같이

푸른 하늘 은하수

저 멀리 은빛 강물 따라서
흐르는 마음

님을 따라
한 없이 올랐던 그리움의 하늘가

하나 둘
별들의 저녁 검푸른 빛의 향연

사랑의 자리
지나는 유성의 줄기 푸른 하늘 은하수

비록 한줄기 빛이라 해도
타다가 사라진다 해도

저 하늘 가득 영원처럼 빛나는 아름다운 별들과 같이
끝없는 생명 영원한 약속 한 없는 사랑님의 모습
별자리로 남아 점점이 피어오르면 푸른 하늘 은하수

별들의 고향

약속은 없었지만 끝없이 기다리고 싶다
너를

두 팔을 벌려 힘껏 안아보고 싶다
너를

목구멍 깊숙이 뜨거운 입맞춤을 하고 싶다
너와

오늘밤도 너의 빛은 변함이 없건만
너의 고향에서 머물러
다시 반짝 거리 빛날 때

광년光年의 속도로 억겁億劫의 회한을
세차게 떠올리리라

너의 별들의 고향에는
오직 한 종류의 광채만 있을 뿐 너의 별들의 고향에는

태산에 올라

새벽에 채 떠지지 않는 눈을 부비고서
등산화 끈을 고쳐 매었다

"오르고 또 오르면 못 오를리 없건만
사람이 제 아니 오르고 뫼만 높다하더라" 는
태산으로 갔다

가을의 추석날 새벽은 태산을 오르려는
수 많은 사람들로 북적이고
저마다 하나의 꿈들을
간직하고서 수천 개의 계단을 올라갔다

땀방울로 새벽을 적시고
찬바람 느끼며 두 시간을 기다려
새벽 하늘에 떠오르는
태산의 일출을 보았다
검은 안개구름 속에서 떠오르는
바알간 진홍색 동그라미를

중국의 천자들이
이 태양의 떠오름을 보아야
천자로서의 위용이 선다고 찾아와
보았다던 태산의 일출이었다

태양은 언제나 힘과 용기와
출발의 희망을 준다.

가을이라고 낙엽만 쳐다보기만 할 건가
태양도 다시보자 다시 꿈도 꾸자….

노을의 사랑

바람에 이는 갈대가 세월을 노래하는 강둑에
노을이 천천히 내려앉는다

수고로운 하루였었다
지친 어깨를 짚고
뉘엿뉘엿 넘어가는 붉은 해
짙은 주황빛 하늘이 타들어간다
늦은 만남도 질세라 붉고 또 붉다
가둬두고 싶은데 저 노을이 지지않도록
망막 속에서 따라가면 될 텐데
저 노을이 가는 곳까지 달음박질쳐서

세상 모든 사랑의 이야기
나고 죽고 그리고 사랑하고

비록 노을이 찾아온다 해도
그 이야기는 언제나 영원하리

섬

초록빛 밀밭을
바람이 드러누우며 휩쓸고 간다
돌담은 우두커니 서서
할 말을 잊은 듯 길을 안내할 뿐이다

바다로부터 달려온
육지의 그리움들이 짭짤한
눈물로 소금 맺히면
섬은 다시 외로움을 토해놓는다

잊었던 적도 없었다
사랑한 적은 더욱 없었다

언제부터인지
누군가 가르쳐주지 않아도 알아버렸던
짓궂은 본능의 몸짓이
거기 파도와 같이 철썩 거린다

섬은 그저 모른 척
하릴없는 바람과 파도만 바라볼 뿐이다
왔다가는 가고
왔다가는 가고

떠나갔다고 말하지 않고
보내주었다고 하자
섬은 이별을 죽기보다 싫어하는
뜨거운 연인보다 훨씬 뜨겁다

다만
바람과 파도는 그걸 모른다
바람과 파도는 그걸 모른다

소나기

그대의 대지에
나는 쏟아져 내리고 싶다

검은 머리를 흠뻑 적시고
이름 모를 풀꽃들이
나의 생명수를 마시도록

갈라진 가슴의 멍울을 적셔내는
나는 그대의 대지에 한없이 내리고 싶다

그대 발 아래로 흐르고 흘러서
이윽고 대지를 적셔 사랑의 강을 넘어

말라버린 정념의 나뭇가지에 푸른 생명을 넣도록
나는 그렇게 쏟아져 내리고 싶다

비의 진실

눈물처럼 솟아나는 것은 비가 아니다
솟구쳐 오르지 못한다

강물처럼 모여서 흐르는 것은 비가 아니고
아주 넓게 분산시켜야 한다

그리움은 사랑으로 막아내는 비가 아니다
씻어 내리지 말고 담아두어야 한다

하늘에서만 오는 것은 진정한 비가 아니다
속 안에서도 내릴 줄 안다

세월의 빗소리를 모르는 비는 비가 아니다
줄기차게 쉼 없이 오늘도 내린다

비는 그저 비라고 한다
모든 비는 비가 아니다

그리움의 기도

푸르른 보리밭 길을
낮은 눈으로 바라보며
구름 높은 하늘 우러르면서

마음 가득한 옅은 사랑
초조하게 키우느라 애쓰던
천둥벌거숭이의 밋밋한 노래

바람이 들으며 지나가고
햇살이 만지작거려 반짝대던
순수한 은모래의 백사장에서

끓어오르는 정열의 사랑
파도를 넘어 기다림을 쫓아
오직 하나의 이름으로 부르는 꿈

오늘도 내일도 또 다른 날도
가슴에서 번져오는 붉은 그리움

꽃잎으로 사무침으로 다가와서

온갖 세상의 색깔 가득한 사랑
하얗게 파랗게 노랗게 부서져 내려
달빛에 감기어 별빛에 빛나

이른 때도 늦은 때도 아닌
지금 이 때의 쉼 없는 교신과 교감
날이 밝을 때까지 마음이 섞일 때까지

원하고 또 원하면 축복이 되려나
하늘아래 하얀 눈 소복이 쌓이거든
두 눈 감고 두 손 함께 모으리

그리워한다면

당신이 바라 본 하늘엔
어떤 그리움이 떠 있나요

그저 한 숨음의 구름과 같이
휭하니 흘러가는 바람처럼
모든 시간의 지나감으로 그어진
세월이라는 주름마냥

하루가 오늘이고 내일이며
기다림은 언제나 그 자리이며
안타까움만 차곡차곡 쌓여가서
켜켜이 덧칠하듯 두터워지나요

당신의 감은 눈 속엔
무슨 그리움이 떠오르나요

울컥울컥 눈시울을 적시나요
가슴가슴 시려와서 아린가요

스멀스멀 치밀어서 오르나요
조용조용 끝도 없이 잠드나요

살아 온 날들이 그리 많아도
정작 단 한 번도 만나지 못하여
옭매인 그 무엇을 풀지 못하는
작은 멍울은 아니었나요

지금 다시 그리워한다면
두 손을 펴고 천천히 바라보세요
당신을 위한 밤하늘의 달빛이
푸르도록 시린 별빛이
당신만의 영원한 그리움이
조그만 손바닥에 가득 내려올테니까요

별리 別離

구름에 달빛이 가려
눈앞도 뿌옇게 흐려
가지마다 하나 둘씩 종잇장 날려 오듯이
바람 따라 흔들리는 마음
떨구는 잎새

하늘 위 꿈을 꾸어
숱한 그리움만
잊혀져 아무 말 없이 떠나간 사람들

국화꽃 들판에 널리어
맘에도 가득 넘쳐

이윽고 구름을 헤짚은 달
쏟아져 내리는 금빛 세례

가을을 불러 그리움으로 묶고
푸른 별처럼 이 밤에 빛나리

제2부

일상日常의 시작하는 마음

시작하소서

그대의 발밑에서
작은 빛을

여명이 올 때 하늘이 열려
푸른빛이 날아올라

시작하소서
이제 기도하소서
날은 밝았나이다

한 마음으로
두 손으로
한 곳으로

먼 곳은 가까워지고
수고는 편안함으로

새로움은 나날이 다가오며

순순히 피어나

새벽의 종소리같이
아침이슬의 맺힘처럼
열리는 꽃잎마냥

다시 또
경건하고 참되게
삼백예순날을 시작하소서

말하지 않아도

숲은 내리는 비에게
나뭇잎을 흔들어 대답하고
꽃은 태양의 따사로움에게
향기 뿜어 인사드린다

조용히 흘러가는 강물은
위에서 아래로 순서 짓고
넓은 바다는 쉼 없이
먼 곳에서 들어온 강물을 반긴다

푸른 별에선 그 어느 것도
낯설지 않은 믿음으로 산다
그리움에서 기다림으로
수선 떨지 않는 아름다움으로

손을 잡으면 핏줄이 통하고
눈을 바라보면 영혼이 건너간다

구름이 모여 비를 만들 듯
시간들이 담겨져 사랑이 된다

아무런 말이 없어도
사과나무의 열매는 빨갛고
계절의 순서는 지혜롭다
꿈은 사라지지 않는다

별 중의 별
가장 아름다운 별에서
사랑으로 살아가는 세월
더 무엇으로 이야기하랴

눈을 감고 귀를 막고
입을 닫고 사랑하리라

소식

기다려야해
나는 아직도 더 많이 당신을 기다려야해

장미의 전설처럼
백일홍의 이야기 같이
해당화의 노래마냥

눈물이 흐르는 자국지는
살갗에 주름이 패여 와도

하늘 끝까지 불러보는 울림이
메아리도 없이 사라져도

그리움으로 삭혀진 슬픔으로
흩어지는 아름다움으로

시간의 줄을 잡고
안타까움의 멱살을 잡고

공허함의 빈 손 움켜잡고

두 귀를 열어젖히고
감겨오는 눈꺼풀 밀어올리고
휑한 가슴 아른아른 펼쳐가면서

기다려야해
나는 아직도 더 무수히
당신을 기다려야해

내 마음을 열어보면

사철 푸른 상록수여라
금빛 환한 아침햇살 같아라
바람으로 물어보면
꽃으로 대답하리라

날개를 펴고
끝없는 창공을 날아올라
이윽고 다다르는
파란 천국의 꿈

입가에 묻은
수풀 냄새 가득한
하얀 미소를 떠올리며
다가서는 방랑자

올려도 보면
노오란 주머니 속
희미하게 새겨져있는

담담한 그리움의 작은 닻

바다의 물결을 저어
긴 향로의 어딘가에 있을
불빛 간직한 섬 하나
아직도 찾아가는 길

그 마음에 씌어져
지워도 지워지지 않을
새겨짐으로 남기고 싶은
별이 되고 싶은 마음

찬란한 빛의 타오름으로
영원한 사랑의 목마름으로

말해준다면

꽃잎으로 품고
바람으로 어루만져
별빛으로 그리워하리

꿈을 꾸는 시간
세상이 잠든 시간에도
어딘가로 향하는 넋

하늘 구름을 따라
쉼 없는 마음하나 던져
달려가 보리

기쁨을 새겨 넣는
깊은 숲속의 울림
도요새의 노래

기다림보다 오랜
가슴을 저미는 바램

앙금 같은 그리움

다시 물드는 황혼
기억의 술잔을 들고
마시는 추억

바닷바람의 언덕
끝없는 모래사장의
희미해져가는 저 순간들

말해주세요
파도와 같이 쓸려가더라도
영원히 외쳐주세요
사랑한다고

가슴이 뛴다

날마다 날마다
하늘을 향해 거침없이 일어서고 있다면

바람을 타고
부담 없이 타오르는 선홍빛 정열이라면

마지막 남아있는
궁휼의 기막힌 한 조각
부끄러움까지라도

뛰는 가슴을 어떻게 주체하는가
마구 눌러도 아니 되는 일

섶을 열고 기운을 받아들이는
아름다운 발설의 모양새

나 아니면 누가
누가 나를 당해 내리오

그것만이 진실이라면

사랑은 또 한 발자국
흔적을 남겨 굵은 눈물을
뚝뚝 흘려 기쁨으로

쓰라린 것도
시린 것도 아린 것도
가슴이 감당하여 참는 일
그런 가슴이 뛰고 있다는 걸

내 생애의 조각彫刻

멀고 먼 안드로메다의 별
푸른 운석

어느 봄 날
나의 맘속으로 날아 들어온 바위

나의 돌칼이 분주히 움직여
다듬어 가면

한 조각
떼어낼 때마다 꿈은 피어나고

또 한 번
내려칠 때마다 그대 형상 나타나고

조금씩
속속들이 알아가는 모습

점점 더
밝게 나타나는 별의 모습

남은 생애를 다 바쳐 조각해야할
그대의 모습

변화

아침에 참바람 불어 귓전이 시려왔다

손등의 각질이 물기 없어 푸석푸석
하얗고 조그만 도드라짐

뜨거워질 줄 알았던 속마음의 진실
점점 잠잠해져 간다

커피 잔을 내려놓고 창밖의 청량한
늦가을을 뜻없이 바라본다

움직이는건 바뀌어가고야 마는
속절을 안다면 그 시간의 마차에
몸을 얹어 웅크리고 앉아서
멀리서 들려오는 소리 들어야한다

그리고 또 다시 시작하여야한다
일어나 걸어가야 한다

천국天國가는 길에

그대를 만나러 가는 길
커다란 보퉁이에
맑은 수식어 가득 담고

신발 끈 단정히 조여 매고
흩어 질 머리 곱게 빗어 넘기고

천국이라는 아주 신비롭고
너무나 상서로운 그대가 사는 천국으로

샘물의 나라 작은 옹달샘부터
깊고 깊은 백리 샘까지 샘물의 천국

그 곳은 옥륜玉輪처럼
맑고 깨끗한 순수의 물

마시면 마실수록
온 몸의 기운은 살고

날아갈 듯 가벼워지는 물

가을이 지나기 전에
찬바람이 불어오기 전에
길을 나서면 닿으리라
더 늦어지기 전에 어서

숲으로 가자

새벽에 눈뜨는 나무의 기지개를
조용히 바라보노라면 삶은 또 하나의
형언키 어려운 그리움으로 남는다

작은 구릉과 산 속의 드문 개활지
나무들은 저마다 하루의 바람을 맞으며
하늘 높이 잎사귀의 마중을 간다

새들도 가지 끝에서
짧은 신호인지 노래인지
나무들에게 속삭여
공간의 간지러움을 튼다
들여 마시는 숨소리마냥 흡족하다

아! 아!
숲으로 가자

침엽과 활엽이 넘실대는

그들만이 알 수 있는
바람에 흐르는
속삭임을 귀기울여 듣자

내일은 언제나
또 다른 의미의 사랑이
움트는 날인 것을

소나무 숲길

엊그제 봄날엔 송화 가루 분분하더니
몇 번의 비가 시원히 하늘을 열었소

송진 냄새 더위를 맡은 청솔모
이리로 저리로 뭉게구름 몰려다니고
벼락은 천둥은 소나기는

솔솔 부는 바람 솔방울 가득
가을이 담기고 높아서
더 푸르른 하늘
가서 안겨 보고파

머지않아 머리에 이고 있을
하얀 눈꽃송이를

기다리며
기다리며
걸어보는 이 길을

달빛 머금은 강

돌아오는 길
바라보았던 강 위에
늦게 비추이는 달그림자가 길게
누워있었다

일렁이는 물결
이내 달그림자 지우고
허연 속살 같은 달빛들을 마구 흔들어 대었다

그러한 힘으로
마치 사랑하는 남녀같이
이 행성을 끌어당겨도 보고 힘껏 밀어도 보고

강을 다 건너가도록
빗금을 긋듯
사선으로 시선을 그어
잠긴 달빛을 바라보았다

무게 있는 삶의 저울을
달아보고 있는 중에도
거침없는 달은 강을 유린하였다

낭만의 길도 멀어져가고
애증의 벽도 견고해지고
시간의 끝도 바짝 다가오지만

달빛을 머금은
강은 여전하게 흐르고 있었다
아무런 약속도 없이

물결을 넘어

부는 바람을 따라
넘실거리는 물결에
내 마음 돛을 달으면

서쪽바람은 돛을 밀어내어
갈 곳을 향해 길을 잡는다

어디서 왔는지
어디로 가는지
굳이 설명해야할 이유는 없지만

돛배에 실려 가는
꽃들과 별들과
그리고 그들이 꾸는 꿈들이

성근 바윗돌에 부딪는
파도보다 세차게
물결을 넘는다

여명은 오늘을 조망하고
붉은 태양은 좀처럼
고개를 숙이려 하지 않는다

바라보아야한다
귀 기울여야한다
조용히 노래하여야한다

다가오는 새로운 물결 앞에
다시 돛을 올려야한다

끝없는 시작의 굴레를 벗겨야한다

하늘에서

구름 위를 날아서 가는
내 마음이 있었네

날개 가득 아름다운 별들이
총총히 박혀 낮과 밤을 알 수 없도록
눈부시었네

하늘에서 처음으로
느껴본 희열이었네
숨가쁜 환희였었네

푸른 꿈이 머언 구름 너머로
뭉게뭉게 피어나면
내 마음은 그리움의 나래를 펴고
저 별을 따라가겠네

영원히 사랑한다고 말해주겠네
하늘에서

파도 소리에

저녁 내내 노을이 지는
갯바위에 앉아 갯벌 가득
천천히 다가오는 해 그림자를 보네

도요새들도 둥지를 찾아서
언덕 위로 날아오르고
지는 노을의 엷어지는 색채를 따라
밝아지는 푸른 별빛

갯바람은 순풍으로 밀려
바다로 불어나가
어둠이 잦은 바다의 철썩이는
파도를 타고 넘어

먼 바다 깊은 꿈
이 밤의 어부를 잠 못 이루게 하고
수시로 들려오는 바람과 파도가
만드는 밤바다의 화음

주인 없는 계절에

우리는 알고 있다
모든 계절에 주인이
없다는 것을

우리는 느끼며 산다
우리가 손님이라는 사실을

봄이면 생명을 일으키는 놀라움으로
여름이면 뜨겁고 냉정하게 사랑해주는
가을이면 모든 것을 거두거나 다시 돌려놓아
겨울이면 다시 돌아올 봄을 기다리는 시간으로

우리는 알고 있다
주인이 아닌 계절에 우리가 해야 할 일들을

사랑하고 또 사랑해야하며
다시 사랑할거란 것을
우리는 알고 있다

친구… 그리움

열두 살 때 만나
아직도 그리움에 편지를 쓴다
친구이기에

대전역에 내려서
보문산 어귀까지 가는 동안
우린 한 마디도 못했다
그저 물끄러미 쳐다만 보았을 뿐

해운대 바닷가
모래사장에서 바닷물이
무섭다고 쭈뼛거리던 눈망울이
우정의 시작이었다

바다를 좋아하던 녀석은
청주 산골에서 삼 년을
산을 좋아하던 녀석은
진해 바다에서 삼 년을

한국적 아이러니랄 수밖에는

미국에 가지 않으면
꿈을 이룰 수 없다하여
세계 최고의 도시에서 살고···.
기다리며 살다보니
어쩌다 중국으로 갔다

살아가는 동안
마주 본건 얼마 되지 않는다
그런데 너무 그립다
마음 말고 준 것은 아무것도 없다

내 마음 말이다
그저 바람 한줌 같은···.

해운대 소묘

동백섬 앞 바다는 옛 바다였으나
지나온 바다는 보이지 않는다

칠월의 파도는
바람을 탓하지 않고
지난 세월을 묻지 않는다

솟아나는 거대한 문명과
손잡으려는 바다여

백사장 가득 또 다시 새로운
사람들로 뒤덮여 간대도

언제나 그리운 것은
그립다고 기억하는 순진한 바다

달맞이 언덕과
멀리 희뿌연한 대마도와

부서져가는 동남해의
철저히 파아란 파도

놀라운 기적이 새록새록 일어난다해도
변함없이 그리움이
온 몸을 휘감는다해도
너는 변함없으니
나의 해운대여

제3부

우리들의 계절

봄이 오기까지는

한 뼘 남짓
쳐든 고개를 밟아달라는
보리의 아우성

나뭇가지마다
움츠린 시련의 바람맞이
그리고 파묻는 품 속에서

외로움조차
기지개 펴보지 못하고
고즈넉이 바라보는 들판

아직은 십자루
튕겨올라 딱딱하기만한
뜰아래 텃밭엔

봄이 숨어들어 왔을까
몰래 엿듣고 있을까

겨울이 안간힘을 쓰며
버티고 있는 모습을 보고 있을까

아지랑이들은
꿈틀대며 새 옷단장을
준비하고 있을까

봄이 오기까지는

너른 무대에 걸맞는
수 많은 준비를 갖춰야하지
수 많은 리허설이 있어야하지

봄

장하다 그대 봄이여
기어이 다시 돌아왔구나

환한 이마엔
동쪽에서 빛 받은 햇살

고드름 뗀 입술엔
맑고 부드러운 초록의 싹

칙칙한 겨울옷을 벗어던지고
산뜻하게 가벼운 봄옷을 걸쳤구나

기특하다 그대 봄이여
이제 이 땅에서 솟아나고 있구나

얼음을 녹이고
흙을 따뜻하게 데워주는 태양

어느새 그대 봄의 머리 위에
생명의 화관 씌워져 빛나는구나

살아있는 것은 모두 움이 트고
움튼 것은 새로움을 피울 테니

아름답다 그대 봄이여
다시 찾아 온 하늘과 땅위에

찬란히 빛나는 아침햇살아래
눈부신 생명을 열어주는구나

가슴으로 찾아 온 그대여
사랑으로 꽃피우는 그대 봄이여

새 순

아침 햇살 속에서
깜짝 놀라고 말았다
어느새 초록의 싹이 눈 깜박할 사이에
후다닥 세상으로 나왔다

갓난아기의 볼과 같이
보드라운 부드러움을 아는가
볼에 대고 부비고 싶다
입술로 자근자근 깨물고 싶도록
앙증맞은 첫 잎사귀였다

멍하니 한참을 바라보다
다시 하늘을 보았다
거기에 씌어진 구름의 시는
초록빛 바다 숲이라고 노래하였다

사랑하는 사람을
부랴부랴 이끌고서라도

저 신생의 꿈이 돋아나는
모습을 보여줘야 한다
움트는 생명의 사랑

나뭇가지에서
꽃을 피워낸 빈자리에서
초록의 시작을 본다
움츠린 과거의 어둠을
또 한 번 털어내고
그립고 또 그리운
새로운 삶의 장을 열어라
새 순처럼

어느 여름 밤

강은 은빛
별은 푸른 빛
밤은 검은 빛

하늘에서 비늘이
하나 둘 떨어져내려
휘번득거리는 밤

헤어보는 별의 개수는
언제나 입 안을 맴돌 뿐

그리워서 다시 바라보는
칠흑의 공간너머

선명한 북두의 칠성
까만 도화지 위의
은회색 점 점 점

힘센 장수와 날개 달린 말
황소들이 얽히어 섰고

님도 돌아온 팔월의 밤하늘에 구름도 걷혀

인생이 흐르듯
물결처럼 솔바람처럼
흐르고 흐르는
은하수의 별빛

물망초

당신은 나의 꽃
세상 가운데 단 한 송이

저 편 언덕에 피어
나의 가슴은 사무치고

지난 밤은 뜬눈으로
당신 생각으로 지새웠죠

날이 밝아와도
나의 마음은 오로지 당신 뿐

달빛으로 갈라놓고
별빛으로 떼어놓아도

나는 당신만을 위해
하루의 낮과 밤을 그리움으로

나의 목숨 다하도록
당신을 잊지 않겠습니다

설령 저 하늘의
해와 달과 별이 사라진다 해도

나의 두 눈이 감겨
당신의 모습을 볼 수 없다하여도

나의 심장이 멎어
당신과 이별하는 한이 있더라도

나는 결코 잊지 않으렵니다
당신도 나를 잊지마세요

해바라기

여름 햇살로 빚어
맑은 소나기로 키 자람
훌쩍 하늘을 향하면

아직도 님의 얼굴
바라보기가 부끄러워
점점 고개 숙이고

노오란 얼굴
미움인지 그리움인지
영그는 세월만

꽃으로 말하자면 겁없이 크기도 하지만
수줍은 마음만 가득

때론 바람결에
고개 들어 하늘 바라고
익은 시절 기다려

가을이 오기 전에
수백의 희망 깊게 품어 단단하게 박히도록

그저 한곳으로만 오로지 그 님의 길로
행복한 바라봄이었네

스러져 이 자리에
다시 꽃 피워 일어나도
하늘 위 한마음
붉은 햇살의 마음

내 마음의 코스모스

사랑이라는
네가 아는 단 하나의
의미를 알 수 있다면

푸른 별에게
나의 계절을 모두 바치며 살아가리라

비와 바람이
거리를 쓸고 간 쓸쓸한 오후

익어 간 아픔
아리도록 저며와도
그리움은 다시 오고

가을도 어느새
아쉬운 빗장을 열어
가슴을 내어주네

청춘이 다하면
꿈을 어루만지며
무릎을 세워 볼 것을

아직도 빛나는
푸른 어깨를 감싸 안고
코스모스 가을 길 걸으며

네가 아는 사랑과 내가 모르는 사랑을
저 바람에게 묻고
저 꽃에게 물어보리라

우리들의 가을날

바람이
가을을 불러 모았다
마음은 또 한 번
그리운 추억의 골짜기를 지난다

시린 가슴 반겨줄
그 아무도 없다는 것을
번연히 알면서도
가을 속으로 들어갔다

늙은 해바라기
처연히 졸고 서 있다
간간히 고개짓하는
코스모스의 가녀린 줏대
높은 하늘이 슬프다

그리하고도
사랑만은 가을에

낙엽지는 소리와 함께
떨어지는 은빛 외로움
어깨 가득 내려앉은
푸른 별빛을 담아서

자박자박
낙엽을 즈려 밟으며
아름다운 별의 노래를
가을바람에 싣고
긴 달그림자 따라서
새벽이 올 때까지 읊조리면서

가을의 연인

가을은
하늘로부터 온다
새털처럼 가벼이

뭉게구름
저 멀리 밀어내고
높이 더 높이 날아서 온다

가을은
바람과 함께 온다
서늘한 가슴속으로

태운 살갗의
추억을 어루만지며
산들산들 스미어온다

가을은
들판을 넘어서 온다

먼 산의 색조를 바꾸며

익은 계절을
꿈꾸듯 노래하듯
울긋불긋 그리워하며 온다

가을은
만남으로 찾아온다
연인이 되기 위하여

인연의
보석을 엮어내듯
아릿아릿 영롱하게 온다
가을의 연인으로 온다

국화와 코스모스

나는 보았습니다
그 길에 핀 코스모스를

색동의 그리움 안고
이리저리 나부끼는 설움을

결코 날아오르지 못한
우주의 바람개비로 한들거림을

나는 찾았습니다
그 가을 홀로 핀 국화를

뻗어 오른 꽃대의 기상
서리발 견뎌내는 꿋꿋함을

죽어가는 이 가운데
착한 이름의 거룩한 꽃으로

그리워하는 사람이여
기다림의 코스모스를

그 길목에 모여서서
지나는 바람에게 손짓을

슬퍼하는 사람이여
고개 숙여 국화 앞에서

한때의 영광과 존엄
영원히 기리어 높이는

가을 하늘 사이로
그리움과 영광의 꽃밭 가득히

저 가을바람 속에

열어 둔 창으로 날아 온
아주 느린 바람 코를 간질이더니
패인 가슴골 사이를 말없이 헤집고

부들해지는 머릿속 서늘하게 오는 가을
그 유선의 바람 온 몸을 내맡기고
입 벌리고 누워 마시고

별 향기 짙은 여름의 땀을 버리고
솔향기 그윽히 담아
살갗마다 만실 만실한
기분 좋은 마사지처럼

스치고 지나가도록 어루만져 그리웁도록
여운으로 남겨지도록

눈을 감고 저 가을바람 속
날아 올라가

가을 비

이른 새벽 흩뿌리는 빗소리
가을을 알리는 청음淸音
옷깃을 여미어

좀 더 서늘한 추억
한결 붉은 타오름으로
그리워하는 애틋함으로
이제 낙엽과 함께

하늘은 자꾸 높아지리라
긴 달빛은 은근해져
먼 별빛을 쫓아가려나

사람들은 저마다
가슴에 품은 꿈의 조각 밤새도록 맞추어
구름의 나래에 싣고
충충 씽씽 날아 가려나

기억조차 희미한
푸른 숲의 종달새
아카시아와 장미의 노래
거리마다 골목마다 젖은 빗소리

가을이 젖는 소리에
낡은 지갑을 열어
외로움 한 장
그리움 두 장

말 없이 셈을 치르고 떠나가려는
발길 아쉬워 조금만 더
아직 남아있는 미련

가을이여 쓸쓸함이여
빗소리에 젖은
아름다운 인생이여

첫 눈

그 길에 첫 눈이 왔다
하얗게 덮어 왔다

흰 눈이 오는 날
첫 눈이 오는 날
그 길에

초점을 맞춰
망막 위에 걸친
하이얀 소름처럼

그렇게
소복소복 쌓이면
지우고 싶은 세상의 색

첫 눈이 오면
기어코 가야한다
첫 발자국을 찍으러

내 살아 온
숱한 오욕의 길을
하얗게 덮고

다시 새로운
길을 내딛는 것인양
그 길 위에 찍어야한다

첫 눈이 왔다
누구라도 내리는 첫 눈을 마다하랴

눈이 내리는 밤

밤이 깊어
감은 실눈 너머
귀엣말을 나누듯
소곤거리며 눈이 내린다

이름이 기억나지 않는
흑인 여가수의 깊은 재즈 타임
눈으로 섞여 들린다

소복소복 쌓인다
내다보는 창밖으로
차곡차곡 덮인다
기억속의 그리움

나뭇가지에
주차장 공터에
멀리 보이는 산 위로
하얗게 내린다

무거운 짐을
잠시 덮으라는 듯
겨울의 모진 시련
견디어 참으라는 듯

말하기 보다는 생각하는 밤
기다리기 보다는 바라보는 새벽

눈이 내립니다

겨울 그림자

달이 깊도록 잠 못 이룬 겨울 새벽
무심코 창을 열었다

살을 에이듯 콧등을 스치는
시베리아의 바람

아! 아!
창을 닫아보지만 어느새 겨울은
폐부 깊숙이 박힌다

나목으로 남아버린 목련
그림자 길게 담장을 넘어간다

다가온 기다림의 시간
숨죽이고 파묻고

눈이 내리고 세상은 얼어붙고
가슴도 잠궈 놓고

겨울이라는
긴 그림자를 밟으며
사박사박 걸어갑니다

오늘이 지나면
내일은 꽃이라고 하면서

제4부

사랑으로 불러 본다

사랑은 자유다

그날 이후
사랑은 자유다

아무것도 먹지 못하고
아무것도 뱉지 못하고

그날 이후
사랑은 자유다

입은 것조차 번거롭고
벗은 것조차 안타깝고

사랑하지 않았다
아니 사랑만 하였다

소매를 걷지 않아도
허리를 꺾지 않아도

애원하며 울부짖지 않아도
눈물지며 목메이지 않아도

사랑은 자유다
사랑은 자유다

낯선 골목길을 빠져나오듯
비바람 눈보라를 헤쳐나오듯

그날 이후
사랑은 자유다

사랑은 자유다

첫사랑에게

푸르름으로
가득채운 눈빛이어라
세상이 온통 푸르게 보였어라

분홍빛으로
곱게 닫힌 입술이어라
얼굴은 온통 붉게 물들었어라

셀레임으로
주체 못할 가슴이어라
안절부절 어쩔 수 없었어라

그리움으로
추억 속의 기다림이어라
죽어도 잊지 못할 시간이었어라

강물은 흘러가는데
별은 어둠과 함께 나타나는데

꽃은 봄이 되면 다시 피는데

눈가의 주름은
세월을 접고 또 접어서
지난 사랑을 말해주는데

언제였던가
사랑을 알았던 그때가
기억이 희미해져 가는데

첫사랑에게

아직도 그 모습은
나의 가슴속 깊이 새겨 남아 있는데

님을 위한 기도

아침에
눈을 뜨기 전에
바람소리 들리게 하소서

소화를
돕는 음식으로
하루의 시작을 열게 하소서

맑은 시냇물 같은
음악으로 출발하는
산뜻한 발걸음이 되게 하소서

사람과 사람사이
하나같이 대화가 되어
신뢰의 눈빛을 간직하게 하소서

집중하고 몰두하여
세상에 나온 의미를 알고

조화롭고 아름답게 만드는
날들이 되게 하소서

비록 작은 몸이나
하늘을 담는 그릇이 되고
바다를 비우는 용기를 갖게 하소서

달과 함께 노래 부르고
별과 함께 잠들 수 있는
휴식의 여유로움을 나누게 하소서

사랑하는 이와 함께
이 모든 것에 감사하는
날들이 되게 하소서

목마른 사랑

가슴이 갈라져서
쩍쩍 갈라져서

입술이 타버려서
바싹 타버려서

뜨거운 하늘
가릴 구름 한 점 없이
끝없는 태양

타들어가는
사막과도 같은
갈증의 몸부림 속에

열병은
또 하나의 뜨거움으로
전신을 훑어 지나간다

쉴 틈도 없고
기다릴 여유도 없이
마구 뛰어갈 뿐

아침의 첫사랑은
벌써부터 가슴을 쿵쿵거려
달뜨게 하고

그리움 향한 불길은
온 하늘에
지펴 날린다
목이 마르다
아직도 목이 마르다

사랑에 젖어

날마다 새로운 당신
새벽이슬 같은 당신

채워도 모자라는 당신
화수분의 당신

꽃잎은 비에 젖고
별은 어둠에 젖어

당신의 깊고 맑은 마음
사랑에 젖어

적셔진 사랑의 향기가
온전하게 퍼져

영혼마저 숨을 가다듬어
당신에게 젖어들면

기억들이 하나 둘 살아나
다시 꾸는 꿈

당신을 향한
마음비우기
사랑채우기

늘

하늘은 그럴것이다
영원히 푸를 것이다

태양도 뜨거우리라
언제나 불타오르리라

세상이라는 변하지 않는 변화
돌고 돌아갈 것이다

꽃으로 살아도
하루살이로 스러져도
한결같으리라

그토록
아름다운 모습
끝없는 마음일 것이다

처음과 나중이

잇닿은 한 가닥이라고
말해주리라

사랑한다면 함께 할 것이다
죽어지도록 할 것이다

그리하여
늘 그렇게 이어갈 것이다
세상의 끈을 잡고서
하늘 끝까지

사랑의 역사 歷史

나의 이름은 사랑
푸르고 붉은 사랑
차가움과 더움
두 개의 심장을 가진 나

홀로 빛나는 별빛
무수히 피어나는 꽃향기
바람을 달래고
비를 뿌려 적시는 생명의 나

바라봄이 느끼는 대로
느낌이 전해 오는 대로
가진 것과 가지지 못한 것
버린 것과 버릴 수 없는 것

희생을 딛고서
불타오르는 청춘이라서
열정이 꺼지지 않아서

남몰래 흐느끼어서

이 자리에서 씌여진
바람 별 꽃 구름의 이야기
다시 한 햇살을 넘어
그리운 달빛을 건너

남겨질 것을 원하는가
돋은 소름까지 태워
연기로 날려 보내려하는가
누구의 몫도 아닌 것을

나의 이름은 사랑
푸르고 붉은 별의 사랑
아득한 곳으로부터 찾아와
아스라이 사라져간 이야기

사랑의 여운餘韻

꽃이었을 때
빛으로 반짝였을 때

보란 듯 펼쳐들어 향기로 뿜어
비추이는 곳곳
숨 쉬듯 살아나서

꿈을 꾸던 강가
노래하던 수풀 속에서

노 저어 나아가
흐르는 강물을 품으면
드문드문 들려오는
갈대 피리 소리

지나가는 바람에
세월도 따라 흘러가고

옷깃을 풀어놓고
가슴이 원하는대로
그리움 던지고
스쳐가는 순간마저도

남겨진 소원
아로새겨 걸어두고서

바라보고 헤적여서
한 올 한 올 건져 올려
한 뜸 한 뜸 박아 놓으면
천년 살이 되리라

사랑만 있네

갈대 숲 사이로 비쳐드는 사랑
기억이 물든 밤 썰물이 빠져나간
검은 바다 위 솟아나온 바위섬

홀로 나와 앉아서 바라보는 달
침묵의 달 저만치 다가오는
바닷 바람 속에서 소금 냄새 그리운 사랑

그대가 있는 풍경 우리가 있었던 광경
시간이 멈추었던 순간 남아있는 것은
아직도 부는 바람 천연스레 철썩이는 파도

가고 싶어라
가을바람 타고 날아서
끝없이 가고 싶어라
썰물 따라 사라진
아무도 없는 달빛아래 갈대 숲에서
사랑만 있네

사랑한다면

밤이 새로운 새벽을 열어 줄때까지
당신의 하늘에서
별을 바라보겠습니다

남쪽 나라 먼 십자성의 빛
북쪽 하늘 북두의 일곱 별

오르막길에서 마지막 힘을 내어
고개를 올라가듯

세월 묻은 힘겨운 사랑의 어깨를
나란히 걸머지고

단지 당신의 눈빛 속에 녹아든
푸른 그림자가 되겠습니다

시간이 지나 미간의 주름이 굵고
호호백발 휘날려가도

그리운 마음
하해보다 더 긍휼한
보듬으로 마무리하고

당신의 하늘에
별이 되어 박히겠습니다

황홀恍惚

눈을 들어
하늘을 열어 본 순간

검푸른 장막 위에
연은빛 조각들을 펼친
밤하늘의 반짝이는 별콘서트

멀리서 다가오는
반쪽 달의 우아한 아리아
삿대도 없이 돛대도 아니 달고

새털 같은 긴 구름이
붓칠하듯 빈 하늘가의
성긴 곳을 가득 채워놓으면

밤새워 하늘 길을
그리운 날개 짓으로
그림자처럼 날아가는 기러기

귓 속을 파고드는
소리 없는 합창
끝없이 울려 퍼지고

가을 밤하늘
두 눈동자에 한껏 담아 본
가물거리는 기쁨

세상에 남아있는 사랑이 있다면
아마도 이 순간
모든 마음이 씻겨나가는
지극한 순간

그래 숲으로 가자

그래, 숲으로 가자 아름드리 뻗어 올라
하늘 가득 소망을 펴는 관목과 풀밭에서
들숨 날숨 허파를 키워보자

그래, 숲으로 가자
쥐똥나무 개암나무 물푸레나무
참나무 두릅나무 생각나무 이팝나무
소나무 은행나무 구상나무 괴불나무
너무나 많지만 모두가 좋다

그래, 숲으로 가자
풀숲 가득히 빼곡히 피어있는 꽃
현호색 노루귀 너도바람꽃 보춘화
암대극 연복초 칠보치마 산솜다리
꿀풀 큰꽃으아리 산수국 자운영
아! 아!
어찌 그 이름을 다 적으리

그래, 숲으로 가자
숲의 주인들도 만나야 한다
꿩 동박새 뻐꾸기 꾀꼬리 파랑새
매 산비들기 찌르레기 후투티 두견새
사슴 노루 청솔모 괭이 오소리
꽃뱀 청독사 반달곰 수달
그리고 수많은 곤충들의 면면을

숲에서 갖는 어울림은
세상에서 추켜세우는 사랑보다
한결 우수하고 자연스럽다
숲으로 가서 바라보고
배우고 사랑해 보자

붉은 장미의 사랑

아마도
수억 년 전에
먼 하늘로부터 꽃씨 하나가 내려와
이 땅에 피워 낸 용기

아름다움은
이 곳 사람들의
결코 사라질 수 없는 마지막 동아줄처럼
굳건하다고

몇 장의 꽃잎
속속들이 보드라워
내비치는 향기 강렬히 다가오는 붉음
입김 더운 여인의 자태

유월의 태양아래서
한껏 우아함을
열정의 가슴 터짐을 보고 또 보아도

가라앉지 않는 설레임을

만약에
그대에게 바치는 모든 사랑의 이름을
불러준다고 한다면
아무런 서슴없이 저 붉은 장미의
사랑이라고 말할테요

마지막 사랑

어둠을 씻긴
빛으로 거듭나기를
알아버린 본능

새벽을 벗겨
덧칠한 그리움으로
차지한 구원

바람이 닿는 그곳으로
억새풀 따라 걷고 또 걸으면

진실 같은 우연
남모르는 설레임마저
까닭없는 슬픔으로

철쭉꽃이었고
해당화였네
겨울장미였다네

세례 받지 못한 작은 새
날개짓조차 버둥버둥 거리면

이제 남은 것은
바닥을 치고 올라오는
차가운 공허

마지막은 묻지 않는 법
눈물한번 훔치고
하늘 한번 보고

살아가는 동안
언제나 지금 이 순간이 마지막이므로

제5부

오늘도 짙은 혜윰만이

파랑새에게

오월 아침 목련나무 잎사귀
작은 부리 파랑새

갸웃거리면서 가벼운 새 걸음걸음
늦은 봄을 가뿐하게

라일락도 흔들어 뿜어보는 꽃향기
흘깃 바라보는 파랑새

아직 날아가지 말아주오
이 봄이 남아 있어요

외사랑도 봄 속에
꿈인 듯 왔다가
바람처럼 가버린다면
눈물자국만 남아

다시 봄을 기다리는

별의 마음을 품고
푸른 하늘로 숨어들다

향긋한 풀 내보다
아릿한 입술하나
그리운 사람의 체취

녹두꽃 피기 전에
청 보리밭으로 날아간
사랑했던 사람
파랑새였으면 좋았을 것을

욕망의 쉼터

혼돈의 바람개비
다섯 본능의 삶으로
일곱 거미줄을 엮어
칭칭 감아놓으면

옥죄여 오는 보이지 않는 거센 악력握力
남이라고 하는 다른 체취
몰두하여 코를 박고

꽃이라고 하기엔
너무 붉고 화려하고
별이라고 하기엔
참으로 빛나 눈부셔

현묘玄妙의 풍차
네 속의 바람이 불어
아홉 계곡의 바위
훌훌 날려버리면

잊을 수 없다는 귓속의 거짓말들을
길 위에 줄줄이 늘어놓다가
다시 그리워하는 손짓

이제 쉬어간다고
시간을 붙잡지 않는
너그럽고 아름다운 욕망
삶이어 그리하시길

때론 오해와 진실
그러한 모든 휴식을 위하여

블랙

숨겨주오 나를
세상의 빛으로부터

막아주오 나를
어둠의 장막을 치고
가슴이 뛰어도 알 수 없도록 조용히

모든 색들이 들어와
가만히 검게 물들도록

빛으로부터 자유롭게
어둠으로부터 편안하게

달래주오 나를
아무도 듣지 못할 낮은 소리로

기다려주오 나를
깊은 안식의 어둠에서 눈뜰 때까지

신비함을 갖춘 자들이
마지막 선물을 들고 왔을 때

모든 색들이 사라지고
떠들썩한 풀썩임이 가라앉아

잠잠하게 내려앉는
끝이 보이지 않는 먼

한순간도 잊은적 없는 블랙

내게로 온 바다

오월에 바다가 내게로 온다
춤추듯 노래하듯 온다

갯벌너머로 작은 섬 수풀도
벌써 초록의 꿈을 펼치고

섬을 가로지른 튼튼하고
육중한 다리 아래로
오월의 바다가 흘러

썰물과 밀물
짓궂은 달님이 밀고 당겨
섬을 비웠다 채웠다

달리는 세월의
속도감을 잊은 연인들
잠시 멈춰선 사랑의 시간

달려 나갈수록
바다는 점점 푸르게 깊어간다
달빛도 별빛도 따라 깊어간다

결코 되돌아 올 수 없지만
기억 한 조각 추억 한 묶음
다가오는 바다 속에 적신다

오월이 가지 전에
흘러내리지 않도록
내게로 온 바다를 시침질한다
거두어 놓을듯이

저 강물과 함께

들려온다
흘러가는 소리
시간을 따라서

밀려 내려오는
수 십억의 짓눌림을
바람에 실어 보내

가도 가도
홀가분한 마음
강물처럼

개나리 화사하게
노란 산수유는
수줍은 보조개 짓고

언덕너머
하얀 목련 구름

함박웃음 터뜨린 날

발밑으로
흐르는 낮은 봄
아지랑이로 솟아

기다림에서
그리움으로
또는 사모함으로

가만히
귀를 받쳐 들고
그 은밀한 소리 들으며

새

그들의 날개는
세상을 평정하려는
움직이는 수평선
비밀스런 중력의 부상

씹지 않고 먹는 법
배불리 먹지 않는 법

그들의 부리는
말하지 않는 손짓의
기다리는 진실
숨 쉬는 하늘 아우성

멀리 보고 찾는 법
공간을 활용하는 법

그들의 깃털은
우아한 그리움의

부드러운 추억 저장고
끝없는 바람의 저편

비와 눈을 막아내는 법
바람을 타고 넘는 법

그들의 주장은
허공 속에서 메아리 되고
노래와 울음은 섞여
구름 속으로 숲으로

함께 날아가는 법
둥지에서 살아남는 법

겨울 도요새

발 시린
갯벌 위에
왜 그러고 섰니

북서풍이
아직도 네 깃을
파고 들지 못했니

노랑부리 갯벌에 꽂아 넣고
꽁지 쳐들고 여유라니

네 곁을 둘러 봐
모두들 날아갔건만
넌 가지 않을거니

살얼음이 천지를 덮을텐데
무섭지도 않니

둥지에 몰아치는
삭풍과 눈보라도
자신 있다는 거니

이제 보니
철새를 포기하겠다는
말이로구나, 그러니

어려울 거야
아마 쉽지 않을 거야
더 많이 힘들고
갈수록 고달플 테니

임진강 기러기

해 저무는 초겨울 임진강
철조망 무심히 강둑을
얽어매고 섰다

눈에 잡히는
북녘의 스산함과
강상에 펼쳐지는
노을의 붉은 잔치

올려다 본 하늘위로 늘어선
기러기의 편대
남에서 북으로
북에서 남으로

형제를 원수로
그리움을 원한으로
낡아빠진 이념의 고물을
아직도 챙겨가진

못난 휴전선

도도히 내려가는
임진강으로부터
가슴속까지
짓누르는 묵직한 세월

구비 구비
이 아름다운 강변은
기러기의 날개 짓으로만
자유로울 뿐
알고 있을 뿐

잔대꽃 마음

꽃 잔대
잔대꽃
보라색 마음

가을 낙엽
간신히 헤치고
피어 올라와

인적 드문 산길 안쪽 너머
곱게 고개 숙여

잎새 사이로 비쳐든 한줄기
햇살 머금고

길게 뻗은 암술이 그리운 건
보랏빛 겨울

철이른 함박눈에 그만

파르르 꺾인 어깨

외로움도
기다림도
묵묵한 계절의 약속

어느새
훌쩍 다가온 추위
잔대꽃 마음보다
진한 추억을 묻고

하늘에서 날아가며

나는 한 마리
먼지 걷힌 창공을
나는 하얀 새

다리를 접어 올려
깃털 속에 넣고
상승기류 타는 하얀 새

높이 올라
사람들이 지어놓은
건물도 보고
길게 흘러가는 강물도 보고

눈을 들어
많은 사람들 싣고
멀리멀리 날아가는
빛나는 금속 새도 보고

구름이 귓전을 지나
차가운 물방울을
적셔주노라면
나의 날개는 다시 젖어

다시 햇살 쪽으로
날아가며 또 날아가며
오직 하나의 꿈을 좇아
빈 하늘 누빈다

하늘 위에선
떨어져 내리지 않으려면
한 순간도 멈출 수 없어
쉴 새 없이 쉴 새 없이

들꽃처럼

아무도 물어보지 않았네
그 이름을

누구도 쳐다보지 않았네
그 모습을

해가 뜨고
달이 지고
별이 지고

생명줄 가늘고도 질긴
운명을 믿으며

사랑이
뜨거워지는 줄도
식어가는 줄도

모르고

또 모른 다네
알지 못한다네

향기로운 내음을 실어줄
바람이 오면

몸을 맡겨 곁을 내어주겠네
오랜 기다림을
하나의 바램을

내 이름은 나무

천년을 말없이
비와 바람에게 태질을 당하고

천년의 낮과 밤을
마주하며 웃고 울었다

발밑은 온 산을 덮을 만큼
작은 실핏줄로 얽히고
머리에는 작고 큰
구덩이들로 움푹움푹 패이고

벼락이 오른쪽 뺨을 후려쳐 와도
왼쪽 뺨을 준비하고 있었다

네 이름은 나무
은행을 열게 하는 나무

암수가 마주보고 있어서

외롭진 않다
천년을 마주 보았지만
여전히 그립고 아직도 사무친다

노오란 머리털이 다 빠져도
가지마다 겨울 손님이 찾아와
앙상한 가죽만이 삐죽하여도
참을 수 있다

기다리는 것은 숙명
다시 그리움을 잉태하는 시간은
종심從心의 열기를 더해진다
내 이름은 나무
은행나무

보라붓꽃

오랜 세월동안
바위 틈새에서 자란
보랏빛 꽃잎의 붓꽃

무엇으로도
대신할 수가 없어요
그 향기는

어떤 몸짓으로도
그 신비로운 기억은
흉내낼 수 없어요

붓꽃의 당신
점점이 박힌 보석처럼
은은하게 빛나요

하늘 끝까지 열려있는 보랏빛
절정을 향해

사랑 머금은 채
내맡긴 입술에 피어나서
스며드는 촉촉함

꽃잎은 다시 태어나는
부르름으로 새롭고

깊은 수풀사이로 실바람 불면
바위틈으로
맑은 샘물이

자유로 自由路

성산대교를 지나면
한강이 시원스레 넓어져
폭이 늘어난 도로만큼
마음도 편한 십차선

강둑 따라 흐르는
첼로의 선율처럼 부드러운
낮고 묵직한 강물의 흐름

어느 것이 흘러가는지
무엇이 빠른 것인지
잠시 핸들을 고쳐잡고
고개 돌리면

꽃이 지나간다
바람이 지나간다
사랑이 지나간다

비껴가는 수 많은 속력들
그 속의 자유로운 사람들
시간과 공간을 함께 공유한
그 길 위에서

어제 본 봄이
오늘 여름으로 옷 갈아입고
나른해져오는 오후를
감당치 못해

또 한 번 시도해 보는
내던지는 자유
달려가는 자유
돌아오는 자유

차 茶

숱한 햇살을 바꾸어
초록의 숨결을 가꾸는
그윽한 세월을 아는가

이름조차 생소하던
나뭇잎으로 맑게 하여준
핏줄과 눈빛

우려낸 사람의 색깔
첫 물로 찻잔을 씻고
다음 물로 향기를 긋는다

코를 통해 올라 온
흐뭇한 고소함이여
뇌리를 씻고 시간을 녹이는구나

비록 눈앞에
먼 산이 펼쳐지질 않아도

푸르른 하늘만 있으면

잠시 결을 지키는
그리운 사람과 마주앉아
따뜻한 기운 나누어보련만

구름은 저 홀로 지나고
바람은 언제 불어오려는지
기다림의 즐거움이려나

다음 생에는
찻잔으로 태어나
이 고즈넉함을 담아보리라

가을 옥수수

용설란의
잎사귀 보담은
길고 부드러워라

잘게 박힌
황옥黃玉의 반짝임을
두세 겹으로 둘러싸도

해님은 금방
알 수 있거든
속이 익어가는 모습을

지나던 가을바람이
누릇한 수염을 타고 들어와
황옥黃玉의 볼을 간질이면

잊었던 사람
가을을 남기고

떠났던 사람의 모습 떠올라

머언 들판
서쪽 바람이 불어
기러기 가을 하늘을 잣고

익어 가는데
익어 가는데
남모르게 솔솔

우수수
바람의 끝에선
아직도 떠나지 못하는
가을의 옷자락을 부여잡는데

붉은 포도주

고해의 입술처럼
붉게 터져 나온
미소로 아름다워라

해풍의 열기와
따가운 여름의 햇살을
고스란히 머금은 속살

넋을 잃어도 좋은
파아란 하늘 따라
짧은 허밍의 속삭임

이제 기나긴
그늘 속 성숙의 시간을
맞이하러 가는 길

짓이겨 터뜨린 열망
검붉은 사랑 앞에

경건히 입 맞추는 오후

수많은 시간으로
다시 태어나는
경이로운 눈물의 맛

들이쉬는 숨따라
한 움큼 추억을 마시고
다시 바라보는 모습이여

오늘밤 당신으로 인하여
세상의 연인들은
달콤한 사랑의 역사를

내 귀에 속삭여

낮은 소리로
속삭여 주오
내 귀에 속삭여 주오

풀잎에 이는 바람소리보다 조용히
내 귀에 속삭여 주오

저 바다의 갈매기 날개 짓보다 가볍게
내 귀에 속삭여 주오

당신의 부드러운 숨결로
나지막이 간지럽혀 주오

당신의 솜털처럼 보송한 손짓으로
천천히 쓰다듬어 주오

당신의 변함없는 소중한 믿음으로
구석구석을 채워 주오

사랑한다고
오직 나만을 사랑한다고
내 귀에 속삭여 주오

낮은 소리로 속삭여 주오
내 귀에 속삭여 주오
내 귀에 속삭여 주오

그 길로 가려면

이 길이었다고 생각하고 걸었지만
한켠으론 다른 길들이 수없이 지나갔다

빠르게 급하게
모든 오류를 담고서

돌아보지마라
꺾인 목이 다시 돌려지더라도
하늘은 무심히 파랗다

태초의 말을
빌리지 않더라도

애증과 갈등의 숲에는
아담과 이브가 살지 않는다

누누이 강조하는
밧줄 같은 얽힘에도

시간의 풀어짐을 어쩌랴

또 다시
길을 가려한다

그 길을 가려면
꿈을 하나 심고
별을 하나 세어야한다

그리고
조용히 울어야한다

날마다 일어선다

거기 누워서
바람에 이는 풀처럼
쓸려 다닌 세월을

기다려 줄 사람
손잡을 사람
꼭 안아 줄 사람

이마에 주름을 긋고
손등에 검은 버섯이 피고
목둘레에 겨운 힘줄이 서도

일어서야 해요
그리운 사랑
찾아갈 수 있도록

바람을 넘어
사랑을 넘어

그리움을 넘어

디딘 두 발에
힘을 넣으면
거뜬히 일어나

어느 길 위에서나
날마다 일어서는 일

살아서 할 일은
길 위에 서 있는 일
걸어서 사랑을 찾아가는 일

바람이 오기 전에 일어서서

어둠으로부터

보라!
창밖이 어두워지고
나의 겁없는 마음이
어둠과 어울려 쏘다니려 한다

빛은
이제 언덕너머로
서서히 사라져가고
검은 그림자들만 우수수 일어난다

두려움을 잊은
어둠의 진행자들은
바람처럼 달려나와 나를 맞이하고
두 팔을 걸어 어깨동무한다

어디로 가려는가
아침이 올 때까지
불현듯 엄습하는 공포의 착란

마치 숲 떠난 올빼미 같구나

아득한 돌아갈 길
숨 한번 크게 고르고
달빛을 돌아 별빛을 넘어
가느다란 생명의 밧줄을 타고

오오!
빛의 소란함이여
다가오는 긍휼한 넋이여

달려 가보자
힘껏 달려 마중 나가자

혜윰(생각生覺)

참으로 아름다운 것은 혜윰 뿐이다
하나의 단초端初를 떠올리는 순간
혜윰의 얽히고 설킴이 시작되고
아무런 표징表徵도 없지만
무수한 선로線路처럼 복잡 미묘하다

참으로 깊고 깊은 것은 혜윰뿐이다
현묘玄妙한 그 깊은 깊이를 알기 어렵다

사랑은 아름다움과 깊이를 갖고 있다
그것은 혜윰인가?

제6부

추억

집

오랜 습관처럼
꺾어진 마디마디마다
윤활유를 칠하는
순조로운 휴식

때론 별들이
마당 가득 내려오고
어떤 날엔
한숨과 눈물과 서러움

채워지지 않아도
가득가득 넘쳐나는 듯
말없이 숨결로만
넘실대는 그리움들

지나가는 바람
비와 눈을 몰고와
삶의 지친 순간을 잊게 하면

그곳에서
실오라기 같은
기쁨을 엮어 만든
두툼한 행복의 외투

산다는 것
그것 외에 다른 모든
진실이 거창할지라도
두렵지 않은 거기

뼈를 묻으며
사랑을 피우며

배추 쌈

겨울이 오기 전에
마지막 가을을 맞으며
고랭지 배추쌈
한손 크게 싼다

밥 한 숟갈 담고
강된장을 얹어서
한입에 쑤욱
우걱우걱 씹어보면
참 고소하구나

누이동생 손사래보다 깜찍한
고갱이 속살은
노란 은행잎 같으다

조금 빳빳한 것이
잇속을 아삭거린다
참 달콤하구나

쌈을 싸는 손바닥 위에
춤추듯 이리저리
배추속이 올라온다

어느 반찬이
이리도 슴벅거리고
깔끔하고 초자연스러울까
참 소담하구나

정신없이 쌈을 싼다
떠나는 가을을 싸 먹는다

춤

나의 몸짓을 모른다고 할 터인가
두 팔을 벌려
두 다리로 뛰어 올라
공중으로 날아가는
그리움을

아득히 지나온
역사를 말하지 말아요
나의 눈 앞에
펼쳐진 또 다른 삶
돌고 돌아가는 꿈의 세상

해를 바라보고
달 아래 몸을 벗고
별보다 빛나는 춤을

나에게로 다가올
그대의 몸짓

무릎을 꺾어 놓고
목을 젖히고
가슴으로 맞이한다면 쓰러지려나

아! 아!
태워도, 태워도
사그라지지 않는 불꽃이여
말없이 타오르다가
끝없는 연기 속으로 사라져 갈
이름을 알 수 없는 나의 춤을

밥 한 끼 같이 먹자

늘 생각만 하다가
오늘 내일 미루어 가다가
어쩌다 달력을 바라보다가

기억 속의 그 날들이
떠오르는 작은 모임의 시간
입맛이 다셔지는 음식들

지난 이야기들과
아직도 해야 할 이야기와
더 하고픈 이야기들

자꾸만 되뇌어봐도
아무래도 전화 통화와는
다른 느낌의 질감

이것저것 밖의 사연
요리조리 안의 정서

따져봐야 별것 없는것도 같아

생각하기를
그래 밥 한 끼 먹으면서
이런저런 말들이 오고가면서

산다는 것이
먹고 자고 내 보내는 것
거기에 작은 느낌과 상념
어우러지면서

숟가락 젓가락 놓는 소리
먹는 소리 움직이는 소리
같이 들어가면서

참외

그대
노란 미소의 여름

하얀
속살가득 빼곡한 꿈

아주
시원한 여름을 깎아내어

더운
입맛을 식혀주었고

때론
씁쓸하도록 배 아픈

어린
기억 속에서의 여름

갖은
형형색색의 다른 모습

이젠
한가지로만 추억할 뿐

허나
그대는 역시 최고의 여름

단지
노란 습성만큼만 숙성한

참외
참으로 외로운 더위 종결자

나이歲

나는 아버지의
아버지는 그 아버지의
그 아버지는 그그 아버지
그그아버지는 그그그아버지
그그그그….

해와 달과 별
구름과 바람
바다와 강

잊고 사는 건지
모르고 사는 건지
그냥 사는 건지

씨가 있는 식물처럼
뼈가 있는 동물처럼
혼이 있는 사람처럼

숨이 붙어있어
움직이는 동안의 자취일 뿐

위대하다고
하늘을 벗겨낼 수 없고
초라하다고
하늘을 우러르지 못할까

마음이라는
참 알 수 없는
향기로운 연기煙氣

그것을 남기고 가는 나이歲일 뿐

비 雨

비가 내려 새벽부터 쉼 없이
내리고 내려

내 맘에 내려
그 님의 눈물처럼
조용히 내려

빗소리 따라 흘러내리는 눈물
환희의 눈물

바라만 보다가 사랑의 의미를 알고
그리움을 배운 님

그리워하면서 그리워서 몸부림치다
배워버린 기다림

닿을듯 닿지않는 안타까운 그 곳에서
바라보는 사랑

비가 내려 새벽부터 쉼 없이
내리고 내려

내 맘에 내려
그 님의 눈물처럼
조용히 내려

강을 건너가는 무렵에

두려움에 떨지 말고
발걸음에 자신감을 실게나

미처 따라올 수 없는
진실은 진실의 가치가 없고

흩어져가는 미련만이
아득하게 뒷전에서 눈물짓는다네

스스로를 추슬러야하네
옷깃을 여미고 신발 끈을 묶고서

강물 위를 걷는 것은 아니니
그 또한 하등 겁낼 것 없나니

살아 온 세월은
또 어디인가 하세월이지 아니한가

머리끝에 서리 앉고
불거진 혈관따라 주름이 깊어도

저 강은 오늘 건너야한다네
씨앗주머니 하나 허리춤에 차고서

고요하지만 육중한 물살
누런 듯 푸른 듯 장중한 색조

저 강을 건너 건너편에 닿으면
새로운 역사는 다시 씌어지고

두려움 없는 발걸음으로
언덕너머까지는 가지 않겠는가

나무그늘 속에서

가슴속에서 낮달이 서늘해지는
그림자를 편다

떠나려는 사람은
바람이 잦아들기를 바라고

햇살을 가리 운 잎사귀 사이사이
구멍 난 여름

꿈조차 쉴 곳을 몰라
쉴 새 없이 고개 돌린다

누워있던 오후의 그림자들도
천천히 길어져 가면

한껏 달아올랐던
젊은 그리움들도

그늘 속에서
한 장의 추억의 사진을
만들며 식어간다

별은 아직 떠오르지 않았지만
남은 석양이 있어
외롭진 않다

마침내… 꽃

길들여진 숲에서의 하루
둘레 넓은 언덕아래
부드러운 쌍무지개 뜨고
언덕 꼭대기
자주 빛 포도송이 넝쿨
언제나 풍요로운 꿈
고개를 묻고
어느새 잠드는지도
새들이 왔다가는지도
알지 못하네

너른 벌판 멀리 낮은 구릉이 다가오는
초원 위에서 쓰다듬듯 바람에
이리저리 드러눕는 풀잎들
작은 갈대의 흔들림을
구릉까지 쉼 없이 달려 내려가
작은 숲으로 들어가면

성근 나무들 사이로

보라색 찬연한

신비로운 늪에서

피어나는 하얀 그리움

세상 어디에서도

맡아볼 수 없는

첫사랑 첫 입술보다

아릿한 향기

마침내…꽃으로 휘감는 순간

날아라 새들아

사람들아
너희는 원래
네 개의 발이 있었다

하늘을 바라보다가
사람들은 새처럼 날기를 원했다

일어서기 시작하고
두 발로 걷기로 작정하였다

다른 두 발이
날개로 퇴화하길 바랐지만

발가락이 길어져
손가락이 되었다
날개는 생기지 않았다

새들아

사람들이 너희를 흠모한단다

땅에서도
하늘에서도
자유롭기를 원한단다

날개 없는 설움을
너희들이 아느냐
날아라 새들아
새들아 날아라

건널목에서

이따금씩 나는 당신을
하얀 선이 그려진
횡단보도에서 스쳐지나곤 합니다

또 어떤 경우는
길 건너편에 서서 신호를 기다리며
침착하게 나를 바라보는
당신을 봅니다

참으로 짧은 찰나에
수많은 교감이 스치고
무수한 생각들이 일어나서 당황하지만
우리는 아무 일 없다는 듯이
조용히 지나칩니다

다른 사람들이 길을 건너는 사이에
우리도 서로 건너가지만
그 길은 언제나

낯설고 엉성하며
익숙지 못하기만 합니다

가로지르는 길
건너가야만 하는 길
당신의 육신이 오로지 한가지의
습관을 위해 움직이지는 않는 것처럼
우리도 마찬가지입니다

스치며 지나가는 동안
다시 습관을 만들고
오래된 습관을 고쳐놓고
별보다 오랜 역사를 만들어 갑니다

찔레꽃 사랑

나를
사랑한다고 했나요

나의
모든 것을 사랑하나요

진정으로 사랑하나요
진정으로 사랑하나요

나를
그리워하나요

나의
모든 것을 그리워하나요

못 견디게 그리워하나요
못 견디게 그리워하나요

나의
가시에 찔려

붉은
피를 쏟아내어도

꽃은
나를 사랑하나요

찔려
나를 사랑하나요

진정으로 사랑하나요
진정으로 사랑하나요

푸른 별에서의 헤윰

2025년 5월 19일 초판 1쇄 인쇄
2025년 5월 21일 초판 1쇄 발행
지은이 목양 김대영
펴낸이 마복남 | **펴낸곳** 버들미디어 | **등록** 제 10-1422호
주소 서울시 은평구 갈현로1길 36
전화 (02)338-6165 | **팩스** (02)352-5707
E-mail : bba666@naver.com

ISBN 978-89-6418-096-9 03810

* 이 책에 들어간 모든 이미지의 저작권은 123rf에 있으며, 저작권법에 의해 보호
를 받으오니 저자의 동의없이 무단 표절·전재·복사를 금합니다.
* 책값은 표지 뒷면에 표시되어 있습니다.